LETTRE

A M. C.-N. A******,

Sur un ouvrage intitulé : LES POÈTES FRANÇAIS *depuis le XIIe siècle jusqu'à Malherbe, avec une Notice historique et littéraire sur chaque Poète.*

ET

NOTICE *sur la nouvelle édition des Evvres de Lovïse Labé Lionnoize.* PAR M. C.-N. A******.

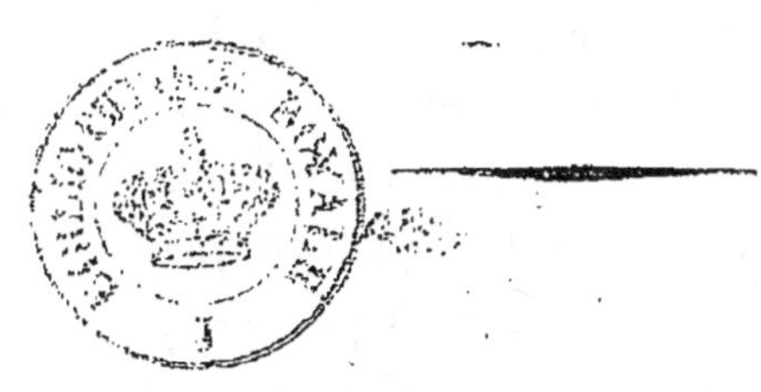

A PARIS,

CHEZ ANT.-AUG. RENOUARD,

Rue de Tournon, no 6.

Octobre 1824.

LETTRE

A M^r. C.-N. A******,

A DIJON,

Sur un ouvrage intitulé : LES POÈTES FRANÇOIS, *depuis le* XIIe *siècle jusqu'à Malherbe,* avec *une Notice* historique et littéraire sur chaque *Poète.* PARIS, de l'imprimerie de CRAPELET. 1824. 6 vol. *in-8°.*

Vesoul (Haute-Saône),   octobre 1824.

Je suis parfaitement de votre avis, Monsieur et ami, c'est une heureuse idée d'avoir donné textuellement en un seul corps d'ouvrage un Recueil choisi (et par ordre chronologique) de nos plus anciennes poésies, accompagnées d'un Glossaire et d'une Biographie littéraire de chaque poëte, depuis le XIIe siècle jusqu'à la renaissance des lettres. Je dis heureuse idée, parce que toute entreprise qui réunit l'utile et l'agréable, prouve que son auteur a été bien inspiré ; et je ne crois pas que, parmi les nombreux ouvrages dont l'activité de la presse enrichit chaque jour nos bibliothèques, il y en ait beaucoup qui aient plus de droit à l'estime et à la reconnoissance des amateurs de la poésie et de la langue française, que celui dont j'ai rapporté le titre plus haut.

Ce beau monument, péristile nécessaire de toutes ces riches collections de nos poètes modernes que l'on publie depuis quelque temps, m'a tellement frappé par son importance et son à-propos, qu'il m'a suggéré quelques réflexions que je crois pouvoir vous communiquer.

Lorsque la langue d'un peuple se fixe et que des chefs-d'œuvre littéraires, éclos à cette époque, établissent définitivement son empire et l'étendent au loin, il arrive assez ordinairement que l'on ne s'occupe plus guère de ce qui a préparé cette heureuse révolution. On jouit des richesses présentes sans songer à la mine qui les a produites, quoiqu'elle renferme encore des filons d'or très précieux. C'est ce qui est arrivé en France, et ce que nous voyons tous les jours. On rejette, on dédaigne, on oublie ces hommes qui, avec plus d'instinct littéraire que de talent, ont péniblement défriché une terre long-temps aride et couverte d'épines ; et l'on ne fait pas attention que sous l'écorce rude de leur style barbare, qui tenoit à l'imperfection de la langue, il se rencontre souvent plus de force, d'énergie, de franchise, de finesse, de naïveté, etc., que dans nos ouvrages modernes si polis, si bien travaillés.

Ils ne l'ignoroient pas nos grands maîtres du siècle de Louis XIV et quelques écrivains du siècle de Louis XV. Combien de vieilles chroniques, de traités surannés, de fabliaux de Sirventes, de Virelais ont été mis à contribution par des auteurs modernes, qui, favorisés d'un goût sûr, n'ont eu d'autre mérite que celui de revêtir la dépouille de leurs prédécesseurs d'un vernis brillant composé de tout ce que notre langue a acquis de délicatesse, de pureté et d'exactitude ! La Fontaine n'a-t-il pas eu les plus grandes obligations à Marot, à

Rabelais et à tant d'autres, comme il en convient lui-même? Bossuet avoit beaucoup lu le P. Lejeune et d'autres vieux sermonnaires; Boileau savoit son Régnier par cœur; J.-B. Rousseau, son Malherbe, qui lui-même avoit puisé dans des poètes antérieurs ; J.-J. Rousseau eût-il écrit avec une telle force d'expression , s'il ne se fût nourri du substantiel Montaigne et de l'excellent Amyot? Oui, mon ami, c'est dans nos vieux écrivains que se trouve la sève que nous admirons dans la plupart des modernes ; et si nous pouvons nous vanter de quelque chose, c'est d'avoir le talent d'habiller avec la soie que nous fournit le siècle de Louis XIV, les Muses que nos anciens n'avoient pu revêtir que d'une bure grossière dans des siècles de barbarie. De là je tire la conséquence que ressusciter ces vieux écrivains, les mettre en évidence, et nous offrir en corps d'ouvrage ce qu'ils ont fait de meilleur, c'est rendre un service important à la littérature moderne : c'est lui ouvrir un trésor dont l'homme de goût saura profiter, et d'où il résultera plus d'avantages qu'on ne pense (1).

Mais à supposer que cette utilité pût être contestée, ne trouveroit-on pas toujours dans la lecture de ces vieux auteurs un ample dédommagement du temps employé à les parcourir, celui de satisfaire sa curiosité sur un sujet assez important? Je veux parler du tableau historique de la langue française. Quoi de plus intéressant que de suivre dès son origine les pas de cette lan-

---

(1) La NOTICE qui répond à ce renvoi étant trop longue pour trouver place ici, nous prenons le parti de la rejeter à la fin de la Lettre de notre correspondant (*). C.-N. A.

gue qui s'avance à travers les siècles, d'abord informe, foible, gênée, âpre, rude, mais peu à peu se formant, se fortifiant, s'adoucissant, se polissant, se rapprochant enfin pour les principes grammaticaux et pour l'expression, des deux plus belles langues de l'antiquité. L'une d'elles, la latine, avoit bien assisté à son berceau ; mais éclipsée depuis long-temps, elle étoit elle-même entièrement dénaturée et étouffée par la langue romane même et par les autres jargons barbares dont la chute du colosse romain avoit inondé l'Europe. A mesure que l'horizon littéraire s'est éclairci, ces deux langues, ou plutôt les débris de leurs chefs-d'œuvre, enfouis dans les moutiers, ont reparu ; et insensiblement on a vu renaître le goût parmi ceux qui s'adonnoient à la littérature. C'est par leur contact dans le travail du cabinet, et leur frottement dans les progrès de la civilisation, que le métal s'est épuré, et que toutes les scories des siècles de barbarie se sont peu à peu détachées du noyau. Aussi jamais langue n'a jeté plus d'éclat que la langue française, lorsqu'elle est parvenue à ce degré de pureté que lui ont donné les grands écrivains du siècle de Louis XIV et de Louis XV. Mais comment y est-elle parvenue ? C'est, comme je vous l'ai dit, mon cher ami, en s'avançant lentement à travers les rochers, les déserts et les landes de la barbarie ; mais j'ajouterai un fait essentiel et très vrai : c'est que la poésie, tout informe qu'elle étoit, l'a beaucoup aidée à se débarrasser des ronces et des épines qui obstruoient son chemin sur ce sol affreux. Je le répéterai encore : rien n'est plus curieux que de compter, de mesurer et d'apprécier les pas qu'elle a faits dans ce long et pénible trajet, de comparer les premiers avec ceux qui les ont suivis, et de voir comment elle est parvenue par des efforts successifs à surmonter tous les obstacles et à se présenter enfin avec une démarche noble, franche, facile et digne de l'admiration de tous les peuples modernes.

C'est ce tableau intéressant que présentent les six volumes qui font l'objet de cette lettre. Ils ont donc le double mérite de l'utilité et de l'agrément ; de l'utilité, en ce que les pièces qu'ils renferment offrent souvent des pensées précieuses dont l'éclat perce à travers leur enveloppe grossière : c'est le grain d'or natif tel qu'il étoit dans la mine ; de l'agrément, en ce qu'ils tracent les progrès de la langue poétique française depuis son origine au xie siècle jusques à Louis XIII.

Je pourrois ajouter un troisième avantage qui peut-être aux yeux de bien des lecteurs ira de pair avec les deux premiers ; c'est celui que l'on doit retirer des *Notices historiques et littéraires,* consacrées à chaque troubadour, trouvère et autres auteurs dont on a rapporté différentes pièces. Un tel travail sort du genre des biographies ordinaires, parce que les écrivains dont on a à parler sont pour la plupart très obscurs ; et ce n'est que dans la poussière des vieilles chroniques, des anciens recueils, que l'on a pu trouver quelques renseignemens sur la plupart de ces hommes qui, allant de châtel en châtel, chanter, conter, fabloyer, faisoient bien sensation pour le moment, mais ne laissoient pas de longs souvenirs de leur vie errante.

Le *Discours préliminaire* de l'ouvrage en question

(6)

est marqué au coin d'une profonde érudition. L'auteur (1) y a fort bien traité tout ce qui regarde l'origine, la théorie et les progrès de la langue poétique française. Comme il est remonté dans le choix des pièces qui composent son Recueil, aux plus anciens monumens de la langue romane, qu'on peut appeler le français primitif, et qui se divisoit en langue d'oc et en langue d'oïl (2), il a commencé par les monumens de la langue d'oc, c'est-à-dire, par les pièces qui appartiennent aux troubadours. La première est une chanson de *Guillaume IX*, comte de Poitou, duc d'Aquitaine, né en 1071 et mort en 1121 ; et la dernière est une chanson érotique du chevalier *Richaut*, qui florissoit vers 1210. Cette première partie de l'ouvrage va, dans le premier volume, jusqu'à la page 291. La seconde partie, qui regarde la langue d'oïl, et qui oc-

---

(1) M.ʳ P. R. *Auguis.* C'est à lui que l'on doit aussi les *notices* sur chacun des poëtes compris dans la collection dont il s'agit, et dont jouit aujourd'hui le monde littéraire, grâces aux soins de M. Crapelet qui en est l'éditeur.   C.-N. A.

(2) Quand la poésie a commencé en France, il existoit deux langages différens. Les habitans du midi de la Loire, qui se nommoient *Romans provençaux*, parloient la langue d'oc : c'est celle des troubadours ; et ceux qui habitoient le nord de la même rivière, étoient appelés par leurs voisins *Romans wuelches* ou *Wallons*, et parloient la langue d'oïl : c'est celle des trouvères. Après trois siècles d'existence, la langue des troubadours s'éteignit par une nouvelle corruption, et se confondit par la suite avec celle des trouvères ou le roman wallon, qui se conserva, se perfectionna peu à peu, comme nous l'avons dit ; et c'est de ce dialecte qu'a été formée la langue française.

cupe le reste du Recueil, est consacrée aux poésies des trouvères et des poètes français leurs successeurs. Elle commence par un fabliau ou conte d'un nommé *Guérin*, qui devoit vivre au commencement du xiiie siècle, et finit par *Malherbe* et quelques-uns de ses contemporains. Cette partie embrasse la fin du premier volume, les iie, iiie, ive, ve et le vie, qui est terminé par des tables très commodes (3).

Toutes les pièces publiées dans ce Recueil sont bien choisies et font parfaitement connoître l'état de la langue et de la poésie à toutes les époques, depuis la fin du xie siècle jusqu'au xviie.

On auroit peut-être à désirer que l'on eût donné une traduction littérale des premières pièces des trouba-

---

Les mots oc et oïl expriment le signe affirmatif *oui*, et servoient à distinguer les deux dialectes, le provençal et le wallon. Ce même signe servoit également à désigner l'italien et l'allemand. On appeloit l'italien la langue de si, et l'allemand la langue de ya. Ainsi le mot *oui* prononcé en oc, en oïl, en si et en ya, désignoit la différence des quatre langues ou dialectes alors en usage.   G. P.

(3) *Table générale* des poètes qui sont compris dans les six volumes ; *table générale* des poètes français avant Malherbe, qui ne font pas partie du Recueil : avec l'indication de leurs principaux ouvrages ; des *trouvères et poètes français* des iie, xiie et xiiie siècles; des *poètes français* des xive, xve et xvie siècles ; cette nomenclature générale des poètes français a ce mérite particulier, qu'elle est la plus complète de celles qui existent, et incomparablement plus ample : avantage que l'auteur n'a pu obtenir que par des recherches extrêmement laborieuses.   C.-N. A.

dours, qui doivent être à-peu-près inintelligibles pour la plupart des lecteurs. Il est vrai que le premier volume est terminé par un Glossaire qui donne l'interprétation d'un très grand nombre de mots ; mais interrompre sa lecture pour traduire soi-même, c'est un travail ; et dans le siècle où nous vivons, on réunit assez ordinairement deux choses peu compatibles, la paresse et le vif désir de s'instruire ou plutôt de paroître instruit, c'est-à-dire qu'on aime la besogne toute faite.

Ne vous semblera-t-il pas aussi, mon ami, que l'auteur auroit pu terminer sa collection à *Anne d'Urfé*, qui précède immédiatement *Malherbe*, et mettre à la suite de l'article d'*Urfé*, en caractères saillans, cet hémistiche si connu, du législateur de notre Parnasse? ENFIN MALHERBE VINT..... Il est certain que tout le monde a Malherbe dans sa bibliothèque ; et quoique ce poète ait encore un peu de la rouille du vieux temps, il pouvoit être dispensé de figurer dans cette galerie. Au reste, comme vous me l'avez fait observer en cette occasion : *Abondance de bien ne nuit pas.*

Il me reste à vous dire un mot de l'impression de l'ouvrage : elle est telle qu'on pouvoit l'attendre des soins bien connus de M. CRAPELET, si scrupuleux dans tout ce qui tient à la perfection de son art. Quoique ce Recueil ait été d'une composition très difficile, sur-tout pour les deux premiers volumes, en raison de l'orthographe bizarre, d'une langue plus bizarre encore, il nous a paru d'une grande correction. Le caractère est très beau, le tirage uniforme, le papier fort blanc ; et sous le rapport du goût typographique, l'édition ne laisse rien à désirer. C'est donc un excellent et très bel ouvrage, qui prend naturellement sa place en tête des superbes éditions que l'on vient de donner des *Malherbe*, des *Corneille*, des *Racine*, des *Boileau*, des *Molière*, des *La Fontaine*, des *J.-B. Rousseau*, etc., etc., etc.

J'ajouterai, mon cher ami, que M. Crapelet s'occupe en ce moment à remplir une lacune importante parmi les poètes que je viens de citer. Vous savez que Quinault, victime d'une boutade que Boileau s'est repenti d'avoir insérée dans ses premières poésies, n'a pas eu jusqu'à ce moment les honneurs d'une réimpression de luxe comme ses confrères du siècle de Louis XIV. Cependant, créateur et modèle de la poésie lyrique, il est le seul, dans ce genre, qui ait montré un talent digne de ce beau siècle; et c'est par une injustice très grande, ou plutôt parce qu'on est habitué à jurer *in verba magistri*, que jusqu'à ce moment on l'a relégué parmi les poètes d'un ordre inférieur. Rendons grâces à M. Crapelet, qui va restituer à cet auteur la place qu'il mérite dans la brillante galerie moderne où la typographie place en ce moment ses illustres confrères. Il paroîtra incessamment une très belle édition des *OEuvres choisies de Quinault, avec les remarques littéraires de La Harpe;* 2 vol. *in-8º*, ornés d'un beau portrait en taille-douce.

Telles sont, mon cher ami, les réflexions jetées à la hâte sur le papier, que je voulois vous soumettre sur

.les deux ouvrages dont vous m'avez parlé avec éloge, et qui en effet me paroissent importans et bien dignes de fixer l'attention des amateurs, puisqu'ils sont de nature à servir parfaitement, l'un d'introduction, et l'autre de complément à tout ce que nous avons de plus admirable en fait de poésie française.

Recevez, je vous prie, l'assurance, etc.   G. P.

(*) NOTICE

Sur la nouvelle édition des EVVRES DE LOVIZE LABÉ LIONNOIZE. A Lion par *Dvrand* et *Perrin*. 1824. Vol. *in*-8º de lxx — 328 pages.

La lettre que l'on vient de lire nous amène naturellement à parler du monument remarquable que la ville de Lyon vient de voir s'élever dans son sein à la gloire d'une femme que ses contemporains honorèrent du surnom de nouvelle Sapho, et qui florissoit vers le milieu du xvie siècle; nous voulons parler de la nouvelle et excellente édition des œuvres de Louise Labé, qui vient de paroître.

Louise *Charlin* ou *Charlieu*, dite *Labé*, fille d'un riche marchand cordier et qui avoit épousé *Ennemond Perrin*, riche marchand cordier lui - même, étoit pour cela particulièrement connue sous le nom de *Belle Cordière*. Née à Lyon vers l'an 1525 ou 1526, elle y est morte en 1566.

Nous ne saurions mieux caractériser le talent de cette femme célèbre, qu'en empruntant ce qu'en dit le principal éditeur de ses œuvres, notre savant confrère à l'Académie de Lyon, M. *Breghot du Lut*, dans sa 107e note, page 183 : «. Les Elégies de Louise Labé . . . . . ont tout ce qui donne du prix et du charme à ce genre, dans lequel peu de nos auteurs ont réussi; elles sont tendres, touchantes, passionnées. Le cœur seul y parle, suivant le précepte de Boileau. Nulle affectation, nulle recherche dans le style; mais une exquise naïveté de sentiment et de langage, qui n'exclut point l'énergie. Louise Labé y gémit sur les chaînes qu'elle porte; elle déplore l'absence de son amant; elle exhale de douces plaintes; elle peint l'excès de ses tourmens et de ses peines. La troisième de ces pièces, adressée aux dames lyonnaises, et où leur belle compatriote se justifie en rejetant sur l'amour tous les reproches qu'on pourroit lui faire, me paroît remporter la palme sur les deux autres. (Tout le monde pensera à cet égard comme M. *Breghot du Lut.*) Les rapprochemens que j'indiquerai et que j'aurois pu multiplier bien davantage, seront destinés à montrer que la nouvelle Sapho n'avoit pas lu en vain les meilleurs auteurs qui existoient avant elle, et que sa mémoire étoit, pour me servir des expressions de Pétrone, *ingenti flumine litterarum inundata.* »

M. *Cochard*, autre académicien de Lyon, et auteur de la *Notice sur Louise Labé*, l'une des pièces imprimées en tête de l'édition dont il s'agit des œuvres de cette nouvelle Sapho, parle d'un autre ouvrage qui ne la recommande pas moins que ses poésies à l'estime de la postérité; » C'est (dit M. *Cochard*, page xlix) une petite comédie en prose, intitulée : *Débat de Folie et d'Amour*, allégorie ingénieuse, pleine d'esprit, de délicatesse et de bonne morale. Cette pièce à six personnages, divisée en cinq discours ou actes, n'a point été représentée; mais elle a eu l'insigne honneur de fournir à *La Fontaine* le sujet d'une de ses plus jolies Fables. » C'est celle ayant pour titre : *L'Amour et la Folie*, liv. xii, fab. xiv.

« La plus belle fable des Grecs (dit Voltaire, *Quest. sur l'Encyclop.*) est celle de Psyché; la plus plaisante fut celle de la Matrone d'Éphèse. La plus jolie, parmi les modernes, fut celle de La Folie, qui, ayant crevé les yeux à l'Amour, est condamnée à lui servir de guide **. »

** « Jupiter faisoit un grand festin, ou estoit commandé à tous les Dieus se trouuer. Amour et Folie arriuent en mesme instant sur la porte du palais : laquelle estant ià fermee, et n'ayant que le guichet ouuert, Folie voyant Amour ià prest à mettre un pied dedens, s'auance et passe

Louise Labé met cet arrêt ainsi , dans la bouche de Jupiter:
« .... Vous commandons de viure amiablement ensemble ,
« sans vous outrager l'un l'autre. Et guidera Folie l'aueugle
« Amour , et le conduira par-tout où bon lui semblera..... »

> Quand on eut bien considéré
> L'intérêt du public , celui de la partie ,
> Le résultat enfin de la suprême Cour
> Fut de condamner la Folie
> A servir de guide à l'Amour.
>
> LA FONTAINE.

Le P. *Commire* (dit M. *Breghot du Lut*) a tiré de l'ouvrage
de Louise Labé une fable latine qu'il a intitulée : *Dementia
amorem ducens.* Elle est adressée à Ménage et terminée par ce
jeu de mots :

> Hæc nos, Menagi, fabula venuste monet
> Amantes esse proximos amentibus.

« Les commentateurs de La Fontaine (dit encore M. *Breghot du Lut*) citent, parmi les imitateurs de ce même apolo-
gue en langues étrangères , l'italien L. Grillo et l'anglais
Dodsley ; mais aucun d'eux ne mentionne une imitation
française faite par un M. Moreau de Dijon , et insérée dans
le Nouveau Recueil de Pièces fugitives, etc. , par l'abbé Archimbaud, Paris, 1717, *in-*12, tome II , pages 85-89. C'est
une pièce assez foible , dont les vers les plus passables sont
les deux derniers :

> « Ainsi dit, ainsi fait ; et c'est depuis ce jour
> Que par-tout la Folie accompagne l'Amour. »

Le M. *Moreau* dont parle M. Breghot du Lut , est *Etienne*

---

la premiere. Amour se voyant poussé, entre en colere : Folie soutient
lui apartenir de passer deuant. Ils entrent en dispute sur leurs puissances,
dinitez et preseances. Amour ne la pouuant veincre de paroles , met la
main à son arc , et lui lasche une flesche, mais en vain : pource que
Folie soudein se rend inuisible : et se voulant venger , ôte les yeus à
Amour. Et pour couurir le lieu ou ils étoient , lui mit un bandeau fait,

Moreau, conseiller du Roi en ses conseils, avocat général
en la Chambre des Comptes de Bourgogne, né à Dijon le 1er
septembre 1639, et mort le 27 avril 1699. « C'étoit, dit l'abbé
Papillon (*Bibliothèque des Auteurs de Bourgogne*), un
homme de beaucoup d'esprit, bon orateur, bon poëte......;
il avoit de fort belles qualités, mais elles étoient obscurcies
par son penchant pour la raillerie, qui étoit tel que souvent
il n'épargnoit pas même ses meilleurs amis. On croit que, no-
nobstant ce défaut, il n'auroit pas laissé d'être maire de Dijon,
s'il ne fût mort quelques mois avant l'élection. Ce qui donna
occasion à M. de La Monnoye de lui faire cette épitaphe :

> « Ci-gît des bons mots le grand maître
> En vers, en prose connoisseur;
> Moreau, qui croyant un jour être
> Le tribun de Dijon, en est mort le censeur. »

Etienne Moreau étoit le frère du savant et fécond *Phili-*
bert-Bernard Moreau de Mautour, auditeur des comptes à
Paris, et qui fut membre de l'Académie royale des inscriptions
et belles-lettres depuis 1701 jusqu'à 1737, année de sa mort.

L'abbé *Papillon* classe parmi les ouvrages d'*Etienne* Moreau, « *L'Amour et la Folie*, pag. 86 des *Pièces fugitives* de
« l'abbé Archimbaud. » Le renseignement de M. *Breghot du*
Lut est bien plus exact.

M. *Breghot du Lut* remarque que le sujet si heureux de l'a-
pologue dont il s'agit, paroît être de l'invention de Louise
Labé, et qu'on ne connoît rien dans les écrivains antérieurs
qui ait pu lui en fournir l'idée. Ainsi lui reste l'honneur d'a-
voir fourni au fabuliste jusqu'à présent inimité, le sujet d'une
de ses plus jolies fables : sujet que d'autres ont aussi mis en
œuvre avec moins de bonheur.

---

de tel artifice, qu'impossible est lui ôter. Venus se pleint de Folie, Iupiter veut entendre leur diferent. Apolon et Mercure debatent les droits
de l'une et l'autre partie. Iupiter les ayant longuement ouiz, en demande
l'opinion aus Dieus : puis prononce sa sentence. »

(Argument en tête de la pièce intitulée : Débat de Folie
et d'Amour.)

Parmi ces derniers, toutefois, il faut rendre justice à M. D...s, auteur de la pièce suivante, publiée dans le *Journal de Lyon*, du 15 ventôse an x (6 mars 1802), n° 38, et reproduite par M. *Breghot du Lut*, page 325 :

AMOUR ET FOLIE.

L'Amour et la Folie un jour ,
Loin des regards de la sagesse,
Disputoient..... La vive déesse
De dépit aveugla l'Amour.
Soudain la faute fut punie
Par loi de la céleste Cour ;
Et, depuis ce temps, la Folie
Est réduite à mener l'Amour.

M. *Breghot du Lut*, que nous ne saurions nous lasser de citer, fait remarquer « que l'ouvrage de Louise Labé n'est pas seulement *une allégorie ingénieuse* ; il décèle encore une grande érudition. Aristote, Chrysippe, Diogène, Platon, Homère, Sapho, etc., parmi les Grecs ; et parmi les Latins, Virgile, Ovide et même Apulée y sont cités et cités à propos. On y voit de fréquentes et heureuses allusions à des faits historiques, à des points de mythologie, qui ne sont connus que des personnes les plus instruites. »

Trois Élégies et un Sonnet de Louise Labé ont été recueillis dans la *Bibliothèque des Poètes français jusqu'à Malherbe*, publiée par M. CRAPELET, tome IV, pag. 196-206. Ces pièces sont d'un bon choix ; elles méritent bien de figurer dans cette intéressante, précieuse et utile collection.

Cette NOTICE, qui s'est étendue sous notre plume bien au-delà de notre première intention, sans que nous nous en soyons aperçu, pourra peut-être paroître un hors-d'œuvre comme étrangère au sujet de la Lettre de M. P......; mais nous prions les personnes qui penseroient ainsi, de vouloir bien faire attention qu'elle s'y rattache, au contraire, directement, en ce qu'elle vient à l'appui de la thèse de notre correspondant : que les modernes ont profité des pensées

des écrivains français qui ont jeté quelque éclat avant la renaissance des lettres, en leur prêtant les couleurs et les grâces
de la langue perfectionnée, comme ceux-ci s'étoient appro-
prié les pensées des anciens auxquelles ils avoient adapté
l'expression d'un langage d'abord barbare, mais qui s'est
épuré et poli successivement jusqu'au temps où

ENFIN MALHERBE VINT......

Puisque nous avons tant fait que de saisir l'occasion de
parler de la dernière édition des œuvres de *Louise Labé*,
sous le rapport du mérite du fond, qu'il nous soit permis de
dire un mot sur son exécution.

Quoique les éditeurs ne l'aient donnée que comme étant la
sixième, attendu que l'existence d'une édition de Rouen,
1556, *in*-16, dont parlent La Monnoye et l'abbé Gouget,
étoit révoquée en doute, même par le savant bibliographe M.
Beuchot, il paroît aujourd'hui certain qu'elle est la *septième*.

Nous nous en rapportons là-dessus à M. *Beuchot*, mieux
informé. Voici comment il s'exprime en tête du n° 37 du
Journal général de l'Imprimerie et de la Librairie, du samedi
11 septembre 1824; nous copions son article en entier, parce
qu'il remplit parfaitement notre objet :

« Voici (dit M. *Beuchot*) la liste des éditions qui ont pré-
cédé celle de 1824 : I. Lyon, J. de Tournes, 1555, petit
in-8°. II. Lyon, J. de Tournes, petit *in*-8°. III. Lyon,
1556, *in*-16. (La suppression de l'Ode grecque donne à pen-
ser que c'est une contre-façon.) IV. *Evvres de Loyse Labé*,
Rouen, Jean Garov, 1556, *in*-16, contenant l'Ode grecque.
(Edition citée par La Monnoye, et dont l'existence étoit révoquée en doute. J'en ai vu ces jours-ci, dans la bibliothèque
de M. de Soleine, un exemplaire provenant de la bibliothèque
de Pont-de-Veyle, où il étoit inscrit sous le n° 168.) V. Lyon,
1760, petit *in*-8°. VI. Brest, 1815, petit *in*-8°......

« La septième édition est faite aux frais d'une Société de
quarante-deux personnes, la plupart membres de l'Académie
de Lyon, parmi lesquelles est une dame. Un *Dialogue entre*

Sapho et Louise Labé est de M. Dumas ; la *Notice sur Louise Labé* est de M. Cochard. M. Breghot, auteur de la plupart des notes ajoutées à cette *Notice*, s'est chargé de diriger l'entreprise, et a rédigé le *Commentaire* qui vient de la page 155 à la page 236, et le *Glossaire de Louise Labé*, qui remplit les pages 237-322. Le volume est terminé par les *Additions et Corrections*, suivies de la *Liste des personnes qui ont fait les frais de cette édition.*

« Le principal éditeur m'a signalé lui-même un *lapsus calami*. Page 208, ligne 29, il a mis *Charles IX* au lieu de *Henri III*, et me recommande d'en donner l'indication.

« Il existe neuf sortes d'exemplaires, savoir : carré vélin superfin, 116 ; grand raisin vélin superfin, 27 ; coquille nankin, 9 ; coquille rose, 4 ; coquille verte, 1 ; coquille variée à chaque feuille, 1 ; papier de Chine, 1 : le reste de l'édition est en carré vélin et papier ordinaire. »   C.-N. A.

DIJON, FRANTIN, IMPRIMEUR DU ROI. 1824.

9 782014 038064